Stig Ericson

Kleiner Wolf und die Blauröcke

Aus dem Schwedischen von
Marianne Vittinghoff
Illustriert von Gertraud Funke

SCHNEIDER BUCH

Die Deutsche Bibliothek – CIP-Einheitsaufnahme

Ericson, Stig:
Kleiner Wolf und die Blauröcke / Stig Ericson. [Aus dem Schwed. von Marianne Vittinghoff]. – München : F. Schneider.

2 (1993)
ISBN 3-505-04931-X

Dieses Buch wurde auf ein chlorfreies,
umweltfreundlich hergestelltes
Papier gedruckt.

Titel der schwedischen Originalausgabe: Lilla Vargen och blårockarna
Übersetzung aus dem Schwedischen: Marianne Vittinghoff
Titelbild und Umschlaggestaltung: Frank Duffek, Designer AGD
Innenillustrationen: Gertraud Funke
Lektorat: Birgit Lörler
Herstellung: Gabi König
Satz: Typodata GmbH, München, 12' Univers
Druck: Presse-Druck, Augsburg
ISBN: 3-505-04931-X

Inhalt

Der Bärenbach

Als die ersten zwei Jäger zum Bach kamen, verschwand die Sonne gerade hinter den Hohen Bergen.
Der Himmel hatte die gleiche Farbe wie die Rosen in der Ebene, und die Schneeflecken hoch oben leuchteten wie riesengroße Lagerfeuer. Aber auf dem Hang hinter dem Bach ragte der Wald empor, dicht und dunkel.

Der Bach war gerade so breit, daß ein Junge einen großen Stein bis ans andere Ufer werfen konnte. Sein Wasser war still und klar.
Die Jäger hatten ihre Pferde angehalten. Einer von ihnen zeigte nun quer über den Bach.
Zwischen zwei Pappelstämmen stand ein riesiger Bär: ein Grizzly.
In den Wäldern unterhalb der Hohen Berge, wo der Schnee nie schmilzt, gab es zu dieser Jahreszeit zwei Arten von Bären: den Schwarzen Bären und den Grizzly. Der Schwarze Bär drehte einem meistens das Hinterteil zu. Er wollte seine Ruhe haben. Aber ein Grizzly trat nie zur Seite. Er hatte ein starkes und mutiges Herz. Und wenn er gestört wurde, konnte es vorkommen, daß er Menschen anfiel.
Das Volk hegte großen Respekt vor dem Grizzly. Sie nannten ihn „Richtiger Bär", und sie töteten ihn nicht, wenn sie es vermeiden konnten. Dies würde großes Unglück mit sich bringen.

Der Richtige Bär stand jetzt zwischen den hellgrauen Stämmen und starrte mit gesenktem Kopf zu den Jägern herüber. Seine kleinen Augen blitzten vor Wut. Aber er zeigte nicht die Zähne.
Die Jäger stiegen von ihren Pferden und gingen ganz langsam zu den Steinen am Uferrand hinunter.
Der Bär bewegte sich nicht.
Sie blieben lange so stehen und starrten einander über das rieselnde Wasser an.
Tier und Mensch prüften gegenseitig ihre innere Stärke.
Schließlich machte der Bär eine ausladende Bewegung mit dem Kopf; dann verschwand er langsam und würdevoll in die Dunkelheit des Waldes.
Die Jäger lächelten.
„Ein gutes Zeichen", sagte der eine. Er hieß Zwei Federn.
„Er hat uns an seinem Bach willkommen geheißen", sagte der andere. „Am Bärenbach. Vielleicht wollte er auch zeigen, daß er unser Helfer ist."

Das Volk hatte viele Helfer unter den Tieren. Büffel, Wolf, Adler, Biber und der Richtige Bär waren die wichtigsten.
Die Jäger knieten nun am Bach nieder und tranken lange zusammen mit ihren Pferden. Sie waren weit über die gelbgebrannte Ebene geritten. Nun wußten sie, daß sie den richtigen Platz für das Winterlager ihres Volkes gefunden hatten.
Auf dem leichten Abhang hinter dem Bach gab es eine saftige Weide für die Pferde. Und das Wichtigste von allem: Vielleicht würde ja eine der kleinen Büffelherden, die es noch gab, dieses geschützte Tal aufsuchen, wenn die ersten Winterstürme über die Ebene fegten. Ganz sicher würden Adlerfuß, der Medizinmann, und Schwarzer Adler, der Häuptling, finden, daß dies ein guter Lagerplatz sei.

Menschen und Tiere waren müde nach dem langen Ritt über die Ebene.
Als sie den Lagerplatz erreichten, bemalten die Frauen ihre Gesichter mit heiligen

Farben. Dann baten sie die Sonne und den Großen Geist um neue Kräfte. Es kostete sie jedoch viel Zeit und Mühe, die großen Zelte aufzurichten und sich in dem neuen Lager mit allem zurechtzufinden.
Die älteren Jungen kümmerten sich um die Pferde.
Zwei Federn und die anderen Jäger überprüften ihre Waffen. Sie sangen Lieder von Büffeln und Wölfen, die Glück für die Jagd bringen sollten. Dann machten sie sich auf den Weg durchs Tal in Richtung Norden. Hoch über ihnen wachten die Berge.

Die Blauröcke

Die grauen Gänse flogen hoch und machten sich auf den Weg nach Süden.
Der Boden unter den Baumwollbäumen am Bach entlang war gelb von Blättern, und die

eßbaren Beeren, die noch an den Sträuchern hingen, waren schwarz und runzelig.
Der Winter nahte. Und man fürchtete ihn – aus vielen Gründen.

Einer der Gründe war, daß man nicht genug Vorrat an getrocknetem Fleisch besaß.
Die Büffel, die größten Helfer des Volkes, waren aus den Ebenen und Tälern verschwunden. Wo der Boden einst schwarz von fetten Büffeln gewesen war, lagen nur noch ihre Knochen herum.
Daran waren die weißen Menschen schuld.
Diese Diebe und Eindringlinge hatten mehr

Büffel getötet, als man zählen konnte. Dabei ging es ihnen nicht um die Häute und das Fleisch der Tiere.
Dies war schwer zu verstehen. War es nicht der Wille des Großen Geistes, daß der Büffel dem Menschen Nahrung und Wärme spenden sollte? Niemand im Lager von Schwarzer Adler, kein richtiger Mensch, konnte darüber Zweifel hegen.
Aber man wußte, daß in anderen Lagern, weiter östlich, Menschen, richtige Menschen, auch viel mehr Büffel getötet hatten, als nötig gewesen wäre. Sie hatten es getan, um das Wasser des weißen Mannes gegen die Häute einzutauschen.
Auf dieses Feuerwasser folgten böse Träume. Sie brachten die Menschen um ihren Verstand.
Erwachsene Männer führten sich auf wie Narren. Sie prügelten sich. Sie töteten ihre Freunde. Sie verkauften ihre Waffen und Pferde, um immer mehr von diesem Feuerwasser zu bekommen. Sie verkauften sogar ihre Frauen. Ihre Zelte waren

schmutzig, und sie liefen in Lumpen herum. Viel Böses kam von den Weißen.

Der zweite Grund, warum das Volk am Bärenbach den Winter fürchtete, waren die Blauröcke, die Krieger der Weißen. Die Blauröcke töteten nicht nur Büffel, sondern auch Menschen. Sogar Frauen und kleine Kinder, die noch nicht das Laufen gelernt hatten.
Alle wußten, was geschehen war, als die Blauröcke vor acht Wintern das Lager von Schneller Läufer am Großen Bärenfluß überfallen hatten.
Sie waren in der grauen Morgendämmerung gekommen, als die meisten noch in ihre Schlafhäute gerollt lagen. Im Lager waren Frauen, Kinder und alte Männer. Viele waren krank. Die jungen Männer waren auf der Jagd.
Die Blauröcke hatten hoch auf die Zelte gezielt, damit die Pfosten zersplitterten und die Häute auf die Feuer herabfielen und zu brennen begannen. Wer sich hinauswagte,

wurde mit Kugeln oder mit langen Messern getötet. Die wenigen, die überlebten, würden nie vergessen, wie die kleinen Kinder in den brennenden Zelten schrien.
Später stellte sich heraus, daß die Blauröcke das falsche Lager überfallen hatten.
Schneller Läufer besaß ein Dokument, ein Papier mit Schriftzeichen. Dieses bewies, daß sein Volk mit den Weißen in Frieden lebte. Als er es aber vorzeigte, tötete ihn einer der Blauröcke.
Im Lager am Bärenbach sprach man voller Zorn über die Blauröcke. Man hatte gute Gründe zu fürchten, daß sie kommen würden.
Als sie noch in der Ebene waren, hatten sich ein paar junge Jäger aufgemacht und waren nach Osten geritten – in das Gebiet, das die Weißen die „Agentur" nannten.
Einige Tage später waren sie wieder da.
Bevor sie ins Lager ritten, hatten sie sich ihre Gesichter weiß angemalt und Federn ins Haar gesteckt. Sie hatten Siegeslieder gesungen.
Im Schutz der Dunkelheit hatten sie von den

2 4931-6

Weißen sechs Pferde erobert. Große und kräftige Tiere, von denen jedes mindestens zehn Zeltpfosten ziehen könnte. Solche Pferde brauchten sie.
Schwarzer Adler, der Häuptling, hatte aber vor Wut gekocht. Er hatte den jungen Jägern befohlen, sofort zur Agentur zu reiten und die Pferde zurückzugeben. Sonst würden die Blauröcke kommen, und sie würden sich nicht damit zufriedengeben, nur die gestohlenen Tiere zu holen.
„Laß sie kommen!“ hatten die jungen Jäger geantwortet. „Wir können uns verteidigen.“
Schwarzer Adler hatte dann gesagt, daß ihre Rede töricht sei, daß die Weißen genauso zahlreich seien wie die Blätter eines Baumes.
Die jungen Jäger hatten ihre Fäuste geballt.
„Die Weißen haben uns unsere Jagdgründe weggenommen“, hatte einer von ihnen gesagt. „Die Weißen haben unsere Büffel getötet. Warum sollten wir ihnen nichts wegnehmen? Wir haben das Recht, ihre Pferde zu nehmen.“
Schwarzer Adler jedoch hatte seinen Befehl

wiederholt, und die Jäger hatten das Lager verlassen und die Pferde mitgenommen. Aber sie waren nicht nach Osten zur Agentur geritten.
Im Lager am Bärenbach hatte man nun Angst, daß die Blauröcke kommen würden, um das Volk für den Pferdediebstahl zu bestrafen. Zwar waren die Diebe nicht mehr im Lager, aber das würde die Blauröcke nicht beeindrucken. Sie schossen erst und fragten dann.
Warum sollte das, was dem Stamm von Schneller Läufer widerfahren war, nicht auch hier geschehen können?

Kleiner Wolf

Einer der Jungen im Lager hieß Kleiner Wolf.
Vor acht Wintern hatte ihn Zwei Federn in

einem Lederbeutel gefunden, der weit vom Lager entfernt an einem Baum hing. Damals war Kleiner Wolf erst ein paar Monate alt. Unter dem Baum lag eine erfrorene Frau.
Es war an einem dunklen und stürmischen Abend im Mittwintermonat gewesen. Zwei Federn war allein auf die Jagd gegangen.
Er war nur an diesen weit entfernten Ort gekommen, weil er den Spuren einer großen, dunklen Wölfin mit Augen, die im Dunklen zu leuchten schienen, gefolgt war.
Deshalb hatten die Ältesten dem Jungen den Namen Kleiner Wolf gegeben, und er war als Sohn von Zwei Federn und Sanftes Reh, seiner Frau, in den Stamm aufgenommen worden. Die beiden hatten nämlich keine eigenen Kinder.
Kleiner Wolf spürte, daß er zu dem Volk gehörte und genau wie alle anderen Jungen behandelt wurde. Aber sobald er die Hohen Berge sah, mußte er an seine richtigen Eltern denken, die er nicht kannte.
Es war im Wald auf der anderen Seite des Baches gewesen, als Zwei Federn zum

erstenmal der Wölfin begegnet war ...
Kleiner Wolf dachte, daß sein Vater vielleicht als einer von den vielen getötet wurde, als die Blauröcke in das Lager von Schneller Läufer eingefallen waren. Dies war gerade im Mittwintermonat geschehen, das wußte er, und seitdem waren acht Winter vergangen. Er wollte glauben, daß es so gewesen ist. Und dann hatte seine Mutter ihn aus einem der vielen brennenden Zelte gerettet. Sie hatte ihn in einen Lederbeutel gesteckt und war in den tiefen Schnee hinausgeflüchtet. Schließlich war sie an Hunger und Kälte gestorben, und so wäre es auch ihm ergangen, wenn die Wölfin nicht gewesen wäre.
Die Wölfin war deshalb sein wichtigster Helfer.
Kleiner Wolf hoffte, daß er ihr irgendwann begegnen würde. Vielleicht würde sie ihm ein Zeichen geben.
Er wußte, daß sie sich hier in den Wäldern unterhalb der Hohen Berge aufhielt. Das hatte Zwei Federn erzählt. Und wenn *er* das sagte, war es wahr.

Spiel und Ernst

Kleiner Wolf haßte die Blauröcke – vielleicht mehr als irgendein anderer Junge im Lager von Schwarzer Adler.
Und er wußte genau wie sie, daß er helfen mußte, das Volk zu verteidigen, wenn die Blauröcke mit ihren Gewehren und langen Messern angeritten kamen.
Er härtete sich ab und stärkte seinen Körper. Jeden Morgen tauchte er in den Bach, wie kalt es auch war. Er schoß mit stumpfen Pfeilen auf Präriehunde, Eichhörnchen und andere Kleintiere.
Wenn die Jungen um die Wette liefen oder miteinander rangen, nahm er das Spiel so ernst, daß die anderen es fast mit der Angst zu tun bekamen.
Bevor die Blätter anfingen gelb zu werden,

hatte er auch Schmetterlinge mit der Hand gejagt. Das zu tun hatte Zwei Federn ihm aufgetragen. Und wenn es ihm gelang, auf diese Weise einen Schmetterling zu fangen, drückte er ihn lange ans Herz. Vielleicht würde er dadurch etwas von seiner Schnelligkeit und Fähigkeit bekommen, sich in unerwartete Richtungen zu bewegen.
An einem dieser Sonnentage fiel den Kindern ein neues Spiel ein. Ein Junge hatte einen kleinen Lederbeutel gefunden, und sie stopften so viel getrocknetes Gras hinein, daß er fast so rund wurde wie die Steine unten am Bach. Eine von den Frauen nähte den Beutel zusammen, und dann fingen sie an, ihn im Gras hin und her zu rollen.
Nach einer Weile kamen sie darauf, das neue Spielzeug einander wegzunehmen, ohne es mit den Händen zu berühren. Sie durften nur Füße und Beine benutzen. Die Jungen spielten lange, und schließlich war es ihnen so heiß geworden, daß sie zum Bach gehen mußten, um sich abzukühlen. Sie legten sich bäuchlings auf die Ufersteine und tranken

und bespritzten sich ihre Gesichter.
Der Junge neben Kleiner Wolf hieß Fuchsohr.
Fuchsohr lag völlig unbeweglich, mit dem Gesicht ganz dicht über der Wasseroberfläche.
Kleiner Wolf schaute ihn an. Fuchsohr schien völlig in Gedanken vertieft zu sein. So war er nun mal. Er konnte Wachträume träumen und sehen, was kein anderer sah. Jetzt eben hatte er vielleicht etwas am Bachboden entdeckt, das seine Gedanken ganz weit wegschweifen ließ.
Kleiner Wolf konnte der Versuchung nicht widerstehen ... Er packte Fuchsohr am Hals und drückte seinen Kopf ins Wasser. Dann sprang er auf und machte ein paar schnelle Schritte nach hinten. Er wußte, was ihm bevorstand.
Fuchsohr schnaubte wie ein Fohlen und schüttelte den Kopf, daß das Wasser spritzte. Dann drehte er sich um und entdeckte Kleiner Wolf.
Kleiner Wolf fing an zu laufen. Er war sich

sicher, daß Fuchsohr hinter ihm herjagen würde. Er rannte den Bach entlang, an den Pferden vorbei, weit fort vom Lager ...
Fuchsohr war nicht so stark wie die anderen, aber er hatte lange, drahtige Beine, und er lief schnell. Schließlich war er dicht hinter Kleiner Wolf. Er warf sich nach vorne und packte ihn an den Hüften, und die Jungen rollten im trockenen Gras herum.
Nach einer Weile drehte sich Kleiner Wolf auf den Rücken, zum Zeichen, daß er sich ergab. Er wollte nicht mit Fuchsohr ringen, nicht in vollem Ernst.
Das wollte keiner. Fuchsohr war nun mal nicht so.
Jetzt setzte sich Fuchsohr rittlings auf Kleiner Wolf. Und während er das Kinn nach vorne schob und versuchte, gefährlich auszusehen, hob er die rechte Hand ...
Und da kam das Lächeln – Fuchsohrs warmes, freundliches Lächeln, das sein mageres Gesicht leuchten ließ.
An dieses Lächeln würde Kleiner Wolf sich noch erinnern.

Die Jungen ordneten ihre Kleider und gingen langsam zum Lager zurück.
Die Sonne schien immer noch, aber dunkle Wolken begannen sich um die Hohen Berge aufzutürmen.

Fuchsohr

Als Fuchsohr zur Welt kam, war er kleiner als irgendein anderes Kind, das im Lager geboren worden war. Er war nicht größer als ein Eichhörnchen. Seine Haare waren nicht schwarz, sondern rotbraun. Sein zerknittertes Gesicht hatte die gleiche Form wie das eines Fuchses. Und seine Ohren waren oben spitz. Deshalb gaben sie ihm den Namen Fuchsohr.
„Dieser Junge wird nicht lange leben“, sagten sie. „Aber er soll nicht ohne einen Namen in das Land der Schatten eintreten.“

Und schon im ersten Sommer wurde Fuchsohr krank. Er schlief nur, und er wollte nicht essen. Nun waren sie sicher, daß er sterben würde.
Da keines der Gebete half, fragten seine Eltern Heilige Biberfrau um Rat. Sie war eine der Ältesten im Lager und für ihre große geistige Kraft bekannt.
Die alte Frau bemalte Fuchsohrs Gesicht und betete lange für ihn. Sie sang heilige Lieder. Und sie schnitt ein Stück von seinem kleinen Finger ab und opferte es der Sonne.
Dies war ein sehr großes Opfer, eine heilige Handlung.
Fuchsohr schien keinen Schmerz zu verspüren. Seine Augen waren geschlossen. Er atmete schwach.
Heilige Biberfrau rollte nun Fuchsohr in mehrere Felle und band ihn an einen Baum, als sei er schon tot.
Seine Mutter stand mit gesenktem Kopf unter dem Baum. Sie weinte leise. In der Hand hielt sie ihr schärfstes Messer ...
„Du mußt nicht deine langen Haare

abschneiden", sagte Heilige Biberfrau. „Du mußt dir nicht in die Arme schneiden. Du mußt nicht mehr trauern. Diesmal nicht."
Und sie behielt recht.
Als die Sonne am höchsten stand, wachte Fuchsohr aus seinem tiefen Schlaf auf, und er schrie, wie er vorher noch nie geschrien hatte. Schon am Abend trank er an der Brust seiner Mutter.
Nun veranstalteten sie im Lager ein großes Fest. Damals gab es noch viele Büffel auf der Weide, und Fleisch war reichlich vorhanden. Sie dankten der Sonne und dem Großen Geist, und Fuchsohrs Vater verschenkte drei Pferde.

Als Fuchsohr heranwuchs, wurden seine Haare dunkler, und bald unterschied er sich dem Aussehen nach kaum von den anderen Jungen im Lager.
Was ihn aber anders machte, waren seine Gedanken, sein langes Schweigen und das, was er sagte, wenn er schließlich sprach.
Er wählte seine Worte immer sehr sorgfältig.

Fegte der Wind über die Ebene, so sagte er: „Es sind die Geister, die fliegen lernen. Und ich wünschte, sie würden es woanders üben."
Als sich die Wolken um die Hohen Berge versammelten, sagte er einmal: „Jetzt atmen die Berge. Da werden die Wolken geboren. Wenn die Berge, die Bäume und die Erde atmen, werden die Wolken geboren."
Und wenn sie eines ihrer gefährlichen Spiele spielten, wenn sie etwa auf einem Ast hoch oben in einer Pappel balancieren wollten, bot er sich immer als erster an. „Ich habe keine Angst", sagte er. „Die Sonne ist bei mir." Und dann spielte ein helles, freundliches Lächeln um seine Lippen.
Alle hatten großen Respekt vor Fuchsohr. Er war nicht wie die anderen.

3 4931-6

Der Kältemacher

Kleiner Wolf war sehr oft mit Fuchsohr zusammen – nicht nur, wenn sie spielten. Sie waren zusammen, wenn sie sich um die Pferde kümmerten. Das war im Lager die Aufgabe der Jungen: Sie mußten jeden Morgen zur Pferdeherde gehen und dafür sorgen, daß die Tiere Wasser bekamen und daß sich die Leitpferde nicht zu weit weg begaben.
Sie waren zusammen, wenn die Baumwollbäume unten am Fluß gefällt wurden. Dies geschah um der Pferde willen: Wenn der Schnee es ihnen schwermachte, Gras zu fressen, sollten sie von der süßen Rinde fressen können.
Sie waren zusammen, wenn sie Brennholz für die Zelte sammelten. Es war wichtig, daß

sie ganz dürre Bäume und Äste wählten, die leicht brannten und einen dünnen Rauch abgaben.
Sie waren zusammen, als der erste Schneesturm kam. Er kam früh an einem Morgen, und Kleiner Wolf und Fuchsohr waren weit vom Lager entfernt.
Das Unwetter kam ohne Vorwarnung.
Keine dunklen Wolken waren zu sehen. Der Himmel verdichtete sich nur. Es war, als ob die Wolken immer nur dort wuchsen, wo sie gerade waren. Es war plötzlich kälter geworden. Weit weg hörten sie Zweige knacken. Dann kam der Wind ...
„Wir müssen zurück ins Lager“, sagte Kleiner Wolf.
„Nein, warte ...!“ Fuchsohr stand in den Wind gewandt. Sein mageres Gesicht war angespannt. Ernst. Er blieb lange so stehen.
Gelbes Laub wirbelte vom Boden auf.
Der Wind sang in den Baumwipfeln.
„Jetzt kommt der Kältemacher“, sagte Fuchsohr. Seine Stimme klang schrill vor Erregung.

Nun fielen die ersten Schneeflocken.
„Kannst du ihn sehen?" fragte Kleiner Wolf.
Es kam manchmal vor, daß Fuchsohr sah, was kein anderer sehen konnte.
Fuchsohr nickte eifrig, mehrmals.
„Wie sieht er aus?" Kleiner Wolf mußte schreien, um sich Gehör zu verschaffen.
„Er reitet auf einem weißen Pferd. Er hat weißes Haar und einen langen weißen Mantel ... Und im Haar trägt er eine Feder ... Und sein Gesicht ist ganz gelb ..." Die dünne Stimme des Jungen kämpfte mit dem Wind.
„... Und er hat ... einen roten Strich über dem Mund ..."
Der Wind war jetzt so stark, daß sie Schwierigkeiten hatten, sich aufrecht zu halten.
Kleiner Wolf hielt sich an Fuchsohr fest.
„Komm jetzt ...!"
Fuchsohr gab nach, und sie rannten zum Lager zurück. Der Wind kam von hinten, und sie liefen schnell.
Sie kamen gerade rechtzeitig zurück, um dabei zu helfen, Pfosten in den Boden zu schlagen. Die Zelte mußten festgebunden

werden, damit sie der Wind nicht umwerfen konnte.
Später würden sie unter die Bäume auf der anderen Seite des Baches ziehen.

Der Sturm dauerte zwei Tage und zwei Nächte. Er brachte nicht viel Schnee. Er war nur als eine Vorwarnung gekommen.
Am dritten Tag schien wieder die Sonne. Der Boden leuchtete weiß, und es tropfte von den Bäumen.
Kleiner Wolf und Fuchsohr waren auf dem Weg zu den Pferden. Fuchsohr war wie immer sehr still. Er schien über etwas nachzudenken. Plötzlich blieb er stehen. Er schaute eine Weile auf den Boden, und dann sagte er: „Ich habe einen Traum gehabt."
Kleiner Wolf sagte nichts. Er wußte, daß es keinen Sinn hatte, etwas zu fragen.
Fuchsohr betrachtete seinen kleinen Finger, dem ein Stück fehlte. Er hatte keinen Nagel, und ganz vorne war er rund und glatt. „Ich will, daß du mitkommst", sagte er. „Später, wenn wir mit den Pferden fertig sind."

„Werden wir weit gehen?“ fragte Kleiner Wolf.
„Ich weiß es noch nicht“, antwortete Fuchsohr.
„Weiter als sonst?“
„Ja.“
„Klar komme ich mit“, sagte Kleiner Wolf.

Nachdem sie bei den Pferden gewesen waren, ging Kleiner Wolf ins Zelt, um Messer und Pfeil und Bogen zu holen. Sanftes Reh fragte, was er vorhatte.
„Ich begleite Fuchsohr“, sagte er.
„Geh nur nicht zu weit“, warnte Sanftes Reh.
„Du weißt, woran ich denke.“
Kleiner Wolf wußte es genau. Er spannte seine Sinne immer voll an und war stets auf der Hut vor den Blauröcken, besonders wenn sein Vater und die anderen auf der Jagd waren – wie jetzt. Deshalb hatte er ja auch seine Waffen geholt.

Der Traum

Fuchsohr und Kleiner Wolf folgten dem Bach, bis sie an die Stelle kamen, wo sie dem Kältemacher begegnet waren. Überall waren die Spuren vom Sturm zu sehen. Bäume waren umgestürzt, Äste und Vogelnester lagen am Boden.
Aber jetzt hatte sich der Kältemacher davongemacht. Die Sonne schien, nur einzelne Fleckchen von Schnee waren zu sehen. In den nackten Wipfeln der Bäume bemerkten sie nur Vögel und Eichhörnchen.
Fuchsohr war stehengeblieben. Er hielt die Hand vor den Augen, als wolle er noch einmal das sehen, was er im Traum gesehen hatte. Er bewegte sich lange nicht. Dann senkte er die Hand und sah sich verschlafen um.

Als er so zum Wald gewandt stand, zu den Hohen Bergen hin, erhellte sich sein Gesicht. „In diese Richtung", sagte er halb zu sich selbst. „Ich weiß, daß es diese Richtung ist."
Kleiner Wolf fühlte sich erleichtert. Also liefen sie keine Gefahr, daß die Blauröcke von den Hohen Bergen kommen würden.
Fuchsohr lief den Hang mit großen und entschlossenen Schritten hinauf.
Der Wald wurde lichter. Die Laubbäume waren niedrig und verwachsen, von vielen Stürmen geplagt, und vereinzelt ragten magere Tannen wie Pfeilschäfte über ihren Baumkronen auf.
Es wurde immer kälter.
So weit weg vom Lager waren sie bisher noch nie gewesen. Wenn sie in diesem Tempo weiterliefen, würden sie bald in den ewigen Schnee hinaufkommen.
Aber Fuchsohr verlangsamte nun seine Schritte. Er suchte sich seinen Weg zwischen den niedrigen, dem Wind ausgesetzten Bäumen. Dann hielt er die Hand hoch und blieb stehen.

Vor ihnen stieg der Boden steil an. Ein Stück weiter oben stand eine Reihe junger Tannen, die nicht höher waren als sie selbst.
Zwischen den Tannen schauten rote Erde und helle Steine hervor. Und da, zwischen den knorrigen Tannenwurzeln und einem umgefallenen verdörrten Baum, war eine dunkle Öffnung zu sehen.
Fuchsohrs Augen leuchteten. „Ein Richtiger

Bär", sagte er leise. „Da drinnen. Ich weiß es. Und ich werde meine Hand auf ihn legen."

Einen Gegner zu berühren, ohne ihn zu töten, war das Mutigste, was jemand tun konnte. Auch wenn der Richtige Bär einer der Helfer des Volkes war, konnte er ein fürchterlicher Gegner sein, wenn er gestört oder gereizt wurde.

Kleiner Wolf hielt Fuchsohrs dünnen Arm fest. „Nein“, flüsterte er. „Nicht jetzt. Später.“
Es hatte erst ein einziges Mal geschneit, und der Schnee war fast verschwunden. Der Bär da drinnen hatte noch nicht Zeit gehabt, in seinen tiefen Winterschlaf zu sinken. Er war immer noch genauso wach wie im Sommer. Und wahrscheinlich hatte er sie schon gehört oder gewittert. Jeden Augenblick konnte er herausgerast kommen.
Aber Fuchsohr war entschlossen. „Ich muß es tun“, sagte er gedämpft. „So war mein Traum. Ich muß es tun – nicht du. Du wirst andere Gelegenheiten haben. Du wirst vielleicht eher, als du denkst, die Hand auf einen Gegner legen.“
Fuchsohr war sehr ernst, als er dies sagte. Es war, als hätte jemand anderer durch ihn gesprochen, jemand, dem er in seinem Traum begegnet war.
Träume bedeuteten viel für das Volk von Kleiner Wolf. Ein Traum konnte Zeichen geben, voraussagen, was in der Zukunft

geschehen würde. In seinen Träumen konnte man mit den Geistern in Berührung kommen.
Fuchsohr löste sich aus dem Griff von Kleiner Wolf und holte tief Atem. Er wandte sich Kleiner Wolf zu und zeigte sein hellstes Lächeln.
Es war deutlich zu sehen, daß er ganz sicher war. „Die Sonne ist auf meiner Seite", sagte er. Dann ging er langsam auf die Höhle zu.

Fuchsohr und der Richtige Bär

Kleiner Wolf folgte Fuchsohr zu dem Loch zwischen den Wurzeln und dem toten Baum. Aber nach wenigen Schritten wollten seine Beine ihn nicht weiter führen.
Aber es war nicht nur die Angst vor dem, was noch geschehen würde, vor plötzlichem Schmerz und vielleicht Tod, die ihn hinderte.

Es war der Gedanke an etwas anderes, etwas Größeres. Ihm war plötzlich eine Geschichte eingefallen, die er vor langer Zeit gehört hatte.
Er wußte auch, daß Fuchsohr dies allein tun mußte.
Kleiner Wolf hatte großen Respekt vor Träumen.

Nun sah er, wie Fuchsohr sich nach vorne beugte und ins Dunkel verschwand.
Kleiner Wolf hielt die Luft an und wartete. Er war so angespannt, als ob er selbst da drinnen wäre. Er konnte fast den beißenden Geruch des Richtigen Bären riechen.
Dann kam der Schrei. Er war so gewaltig, daß Sand und kleine Steine vor der Höhlenöffnung herabrieselten.
Nun kam Fuchsohr heraus. Aber er lief nicht. Er ging rückwärts, Schritt für Schritt – und nach ihm kam der Bär. Es war ein großer Richtiger Bär in hellbraunem Winterpelz, und seine kleinen Augen leuchteten wie glühende Pfeilspitzen in dem zottigen Kopf.

Fuchsohr blieb stehen.
Der Bär blieb stehen.
Alles blieb stehen: die Sonne, der Wind und das Herz von Kleiner Wolf ...
Während eines unbewegten Augenblicks, lang wie viele Winter, standen sie einander gegenüber – der magere Junge und der gewaltige Bär.
Nun fing der Bär an, seinen Kopf hin und her zu bewegen, ohne den Blick von Fuchsohr abzuwenden. Der Bär sammelte sich zum entscheidenden Sprung, aber es war, als würde ihn etwas festhalten, als könne er nicht weiter. Er zeigte die Zähne, brummte laut – und zog sich rückwärts wieder in seine Höhle zurück.
Fuchsohr blieb regungslos stehen. Er sah seine Hand an. Sicher hatte er den Richtigen Bären drinnen in der Höhle berührt. So blieb er lange stehen. Dann wandte er sein Gesicht zum Himmel. Die Sonne war bei ihm gewesen.
Die Jungen liefen schweigend nebeneinander den Hang hinunter. Der Wald wurde dichter,

die Bäume höher, und nach einer Weile konnten sie das Rauschen des Baches hören.
Als sie an dem Platz waren, wo sie dem Kältemacher begegnet waren, blieb Fuchsohr stehen. „Ich möchte nicht, daß du jemandem davon erzählst", sagte er. „Noch nicht."
Kleiner Wolf hatte Mühe, dies zu verstehen. Was Fuchsohr gerade getan hatte, war genauso mutig, wie die Hand auf einen Blaurock zu legen, ohne ihn erst zu töten. Das war so etwas, wovon erwachsene Jäger am Lagerfeuer erzählten.
Fuchsohr hob einen grauen Ast vom Boden auf. Er war gerade und genauso lang wie sein Arm. Er brach einige Zweige ab und hielt sie seinem Freund hin.
„Das ist eine Zeremonienpfeife", sagte er ernst. „Schwörst du bei ihr?"
„Ich schwöre bei der Pfeife", sagte Kleiner Wolf. Ihm war plötzlich feierlich zumute und etwas bange. Es war, als würde Adlerfuß, der Medizinmann, vor ihm stehen und nicht

4 4931-6

ein magerer Junge, der kaum älter war als er selbst.
Bei der Pfeife zu schwören hieß, ein Versprechen zu geben, das heilig war. Wer es brach, riskierte nicht nur, zu sterben. Er durfte nach dem Tod vielleicht nicht in das Land der Schatten kommen.
Fuchsohr klemmte die Pfeife vorsichtig zwischen zwei Äste eines dicken Baumwollbaums.
Sie gingen weiter auf das Lager zu.
Kleiner Wolf dachte an sein Versprechen und an das, was Fuchsohr getan hatte. Es war genau so, wie viele im Lager sagten: Fuchsohr war nicht wie die anderen. Er sah, was kein anderer sehen konnte. Er würde vielleicht kein großer Jäger oder Krieger werden. Seine Sinne und sein Körper strebten nicht danach.
Aber es gab wenige, die ein so starkes Herz hatten wie er.

Ein unerwarteter Helfer

Und dann kam der wirkliche Winter, und er kam, um zu bleiben. Der Kältemacher hüllte das Tal am Bärenbach in seinen weißen Mantel. Der Schnee fiel mehrere Tage und Nächte.

Die Jagd war schlecht gewesen. Keine Büffelherden waren in die geschützten Täler am Fuße der Hohen Berge gekommen. Die Vorräte an Beeren und getrocknetem Fleisch würden nicht mehr lange reichen. Aber davon redeten sie nicht gern. Noch konnten sie viele Gebete sprechen und viele heilige Lieder singen.

Auch über die Blauröcke redeten sie nicht. Noch würden sie jedenfalls nicht kommen, dessen waren sie sich sicher. Denn auch wenn ihre großen Pferde sich kräftig fressen

konnten an saftigem Weidegras, würde es ihnen schwerfallen, im weichen Schnee vorwärtszukommen.
An den Feuern in den Zelten sprachen sie über die guten alten Zeiten, als das Volk noch stark und reich und mächtig war.

Kleiner Wolf würde nie vergessen, was vor der Höhle des Richtigen Bären geschehen war.
Ihm fielen die Gedanken ein, die ihm dort oben gekommen waren. Welche Angst er gehabt hatte! Aber er hatte sich nicht vor dem Bären gefürchtet. Er hatte Angst vor dem Geist des Bären gehabt. Und er wußte, daß es eine Geschichte über einen Jäger und einen Bären gab. Er hatte sie vor vielen Wintern gehört, und nun wollte er sie noch einmal hören.
Eines Abends, während es noch schneite, bat er Zwei Federn, ihm von dem Bären als Helfer zu erzählen.
„Hm", machte Zwei Federn. „Warum fällt dir gerade diese Geschichte ein?"

Sie saßen sich wie immer am Feuer gegenüber. Sanftes Reh und ihre beiden Schwestern waren auch im Zelt.
„Ich denke an den Bach“, sagte Kleiner Wolf. „An den Richtigen Bären, dem ihr begegnet seid, als ihr das erste Mal hierher kamt.“
Dies war weder wahr noch gelogen. Er dachte auch an diesen Bären. Vielleicht war es derselbe Bär.
Er war dankbar, daß es im Zelt langsam dunkel wurde. Es war spät. Das Feuer war schon alt und müde geworden.
Zwei Federn fing an zu erzählen.
„Es war zu der Zeit, als Tiere und Menschen ihre Sprachen noch gegenseitig verstehen konnten“, sagte er. „Ein junger Jäger, der Lederhaut hieß, war von einem Pfeil im Bein verletzt worden, als er es wagte, Pferde vom Feind seines Volkes zu stehlen. Aber im Schutz der Dunkelheit war es ihm schließlich gelungen, dem feindlichen Lager zu entkommen.
Trotz seiner Wunde hatte er Kraft genug, die ganze Nacht über zu laufen, und als es

dämmerte, befand er sich in einem dichten Wald. Sein Bein war jetzt so geschwollen, daß er nicht weitergehen konnte. Aber er hatte eine Axt dabei und konnte eine einfache Hütte aus jungen Fichten bauen.
Dies ist alles im Monat-vor-dem-ersten-Schneesturm passiert, und Lederhaut hatte kein Feuer. Deshalb ahnte er, daß er sterben mußte. Er lag in seiner Hütte, und die Wunde schmerzte ihn sehr. Wenn er Durst hatte, kroch er zu einem Bach in der Nähe. Dort fand er auch einige Wurzeln, die er essen konnte.
So lag er Tage und Nächte, und er wurde immer schwächer. Nun war er sicher, daß er in das Land der Schatten kommen würde, ohne sein Volk vorher wiederzusehen.
Eines Morgens hörte er schwere Schritte vor seiner Hütte, und eine große Gestalt verdunkelte den Eingang.
Es war ein Bär, ein Richtiger Bär, ein Grizzly. Er stand in der Öffnung und witterte und schwankte mit dem großen Kopf vor und zurück.

Lederhaut war nun ganz sicher, daß sein Ende nahte. Er stützte sich auf die Ellbogen und sagte: ‚Wenn du mich töten willst, so laß mich erst mein Todeslied singen.‘
Der Bär kam in die Hütte und beschnupperte ihn vom Kopf bis zu den Füßen. Lederhaut fragte sich, welchen Teil von ihm er wohl zuerst fressen würde. Der Bär roch erst an seinem wunden Bein, aber statt zu beißen, leckte er die Wunde ab.
‚Bär‘, sagte Lederhaut, ‚warum kamst du hierher? Willst du mich töten, oder willst du mir helfen?‘
‚Ich bin gekommen, um dich zu deinem Volk zurückzubringen‘, antwortete der Bär. ‚In vier Tagen machen wir uns auf den Weg.‘
‚Wenn du so lange wartest‘, sagte Lederhaut, ‚werde ich für eine solche Reise zu schwach sein. Ich bin ausgehungert.‘
‚Du wirst nicht hungern‘, antwortete der Bär. ‚Ich werde für dich jagen gehen.‘
Und der Bär hielt sein Versprechen. Jeden Morgen kam er zu Lederhauts Hütte mit Hasen und anderem Kleinwild, und am

vierten Morgen sagte er: ‚Jetzt ist es Zeit. Setz dich auf meinen Rücken, aber halt dich gut fest.'
Lederhaut kletterte auf den breiten Rücken des Bären und klammerte sich an sein Fell. Dann machten sie sich auf den Weg. Sie

wanderten am Tage und ruhten in der Nacht. Lederhaut schlief ganz nah beim Bären – so hatte er es warm. Aber noch war der Kältemacher nicht gekommen.
Am dritten Tag kamen sie auf eine Anhöhe. Von dort aus konnte Lederhaut auf der anderen Seite des Großen Bärenflusses die Feuer seines Volkes leuchten sehen.
‚Nun bist du bald bei deinen Verwandten', sagte der Bär und trug Lederhaut ans Ufer gegenüber vom Lager. ‚Dein Volk wird dir bestimmt helfen, auf die andere Seite hinüberzukommen.'
Lederhaut fragte nun den Bären, ob er nicht mit ins Lager kommen wolle, um den Dank seines Volkes entgegenzunehmen. Aber der Bär antwortete: ‚Die Blätter sind schon von den Bäumen gefallen. Es ist Zeit, mir eine Höhle zu suchen, in der ich schlafen kann, wenn die Winterstürme kommen. Aber eines verlange ich von dir: Sag deinem Volk, daß es nie einen Bären töten oder verletzen soll, während er seinen Winterschlaf hält.'
Mit diesen Worten ging der Bär davon."

Das Feuer war schon fast erloschen. Es war dunkel im Zelt. Zwei Federn hatte seine Geschichte zu Ende erzählt.
Kleiner Wolf hatte die ganze Zeit an Fuchsohr gedacht. „Was passiert, wenn man einen Bären stört, während er einen Winterschlaf hält?"
„Hast du das getan?" fragte Zwei Federn.
„Nein."
„Tu das nie", mahnte Zwei Federn. „Nicht, wenn du lange leben willst. Und damit meine ich nicht, daß gerade dieser Bär dich verletzen könnte."
Kleiner Wolf fragte sich, was Zwei Federn damit meinte, aber er wollte nichts mehr sagen. Vielleicht hatte er jetzt schon zuviel gesagt. Er spürte, wie Zwei Federns stumme Fragen im Dunkeln auf ihn zukamen. Und er wollte nicht gezwungen werden zu lügen. Denn ein Versprechen bei der Pfeife durfte man nicht brechen.

„Noch ist nichts entschieden ...“

Sie waren nun mitten im Mittwintermonat, und noch waren die Blauröcke nicht gekommen.
Aber sie hatten Späher ausgeschickt. Und die Jäger verließen nicht alle gleichzeitig das Lager. Was einst im Lager von Schneller Läufer passiert war, durfte sich hier nicht wiederholen.

Trotz der Kälte standen sie mit anderen Lagern in Verbindung. Fremde Reiter kamen – und ritten weiter. Viele von ihnen waren hervorragende Jäger mit bemalten Gesichtern und großem Federschmuck in ihren Satteltaschen.
Im Zelt von Schwarzer Adler und den Ältesten loderten die Ratsfeuer während

langer Abende und dunkler Nächte. Pfeifen wanderten von Mund zu Mund. Diese Sitzungen wurden von heiligen Zeremonien begleitet – aber auch von tiefem Schweigen. Wenn jemand fragte, worüber sie gesprochen hatten, kam immer dieselbe Antwort: „Noch ist nichts entschieden ..."
Aber sie wußten, daß die zwei jungen Jäger die gestohlenen Pferde nicht zur Agentur zurückgebracht hatten. Sie waren auch nicht ins Lager zurückgekommen.
Und sie wußten, daß es bei den Sitzungen des Rats um die Zukunft des Volkes ging.
Der Vorrat an Beeren und getrocknetem Fleisch war zu Ende, und sie mußten Kleintiere, Wurzeln und gefrorene Beeren essen.
Die jungen Jäger waren lange geduldig gewesen. Nun aber wollten sie nicht länger warten. Sie meinten, daß Jäger aus vielen Lagern sich zusammentun sollten, um eine letzte, große, entscheidende Schlacht gegen die Blauröcke zu kämpfen. Alles war besser, als nur zu warten, während sie langsam verhungerten.

Aber die Älteren meinten, daß es sich nicht lohne zu kämpfen. Die Weißen hatten große Macht. Ihr Gott war stark, und sie waren so unzählig viele wie die kleinsten Steine am Ufer.

Auch wenn es ihnen gelingen würde, eine Schlacht – oder vielleicht zwei – zu gewinnen, würden noch mehr Blauröcke kommen. Noch mehr. Und noch mehr ...

„Was sollen wir denn tun?“ fragten die Jüngeren.

Die Älteren schauten sich mit traurigen Augen an. „Wir müssen das tun, was das Volk in vielen, vielen anderen Lagern vor uns getan hat“, sagten sie. „Unsere Jagdgründe aufgeben und unsere Zelte an dem Ort aufstellen, den die Weißen das Reservat nennen.“

„Unsere Jagdgründe aufgeben!“ riefen die Jüngeren aus. „Nie! Dann ist es besser, zu kämpfen und zu sterben!“

„Es sind keine Jagdgründe mehr“, sagten die Älteren. „Da gibt es nichts mehr zu jagen.“

Die Ratsfeuer loderten in der Dunkelheit des Winters. Das Volk wartete und hungerte. Aber noch war nichts entschieden.

Das Traumbild

Kleiner Wolf und Fuchsohr standen unten an dem zugefrorenen Bach. In der Mitte verlief eine schmale Rinne, die noch offen war, und sie stießen Schnee in das dunkle Wasser hinein.
„Was bedeutet das, wovon neuerdings alle reden?“ wollte Kleiner Wolf wissen.
„Re-ser-vat?“ Das fremde Wort war schwer auszusprechen. Etwas im Mund wollte nicht. Oder war es vielleicht im Herzen?
„Das ist ein Ort, an dem man nicht frei ist“, sagte Fuchsohr.
Die Antwort kam schnell. Die Worte waren nicht seine eigenen. Das hörte Kleiner Wolf

an seiner Art zu sprechen.
Zwei Federn und Sanftes Reh hatten ihm fast genau die gleiche Antwort gegeben. Kleiner Wolf hatte gehofft, daß Fuchsohr etwas anderes sagen würde, etwas, das ihn von einem dunklen Schatten befreien würde. Aber Fuchsohr war nach der Begegnung mit dem Bären anders als zuvor. Er zog sich meistens zurück und hielt sich gern in der Nähe des Medizinmannzeltes auf.
„Wie ist es, wenn man nicht frei ist?" fragte Kleiner Wolf. Und als Fuchsohr nicht antwortete, fuhr er fort: „Ist es, als würde man an einen Pfahl gefesselt werden?"
Wahrscheinlich irrte er sich. Aber dieses Bild verfolgte ihn. Es verfolgte ihn wie ein dunkler Schatten.
Aber Fuchsohr konnte ihm nicht helfen. Er lächelte nur. Nicht einmal sein Lächeln war das gleiche geblieben. „Du wirst vielleicht sehen", sagte er.
Sie gingen zum Lager hinauf.
Keine Hunde kamen ihnen entgegengesaust. Keine Kinder spielten draußen. Kein Lachen

5 4931-6

war zu hören. Das einzige Zeichen dafür, daß es hier überhaupt Leben gab, war der dünne Rauch, der sich langsam durch die verrußten Öffnungen ganz oben an den Zelten hinaufwand.

Auch an diesem Tag wurde es Abend. Als Kleiner Wolf sich in sein Schlaffell wickelte und die Augen schloß, kehrte das Bild zurück: Er war mit einem dicken Riemen um den Hals an einen Pfahl gefesselt.
Und weiter weg standen die Blauröcke und starrten ihn an ...
Die Blauröcke konnte er nicht deutlich sehen, da er in Wirklichkeit noch nie einem Blaurock begegnet war. Die waren nur da als blaue Schatten, und sie bekamen die ganze Zeit neue Gesichter: weiße, grinsende Gesichter.
Dies war kein Traum, kein Zeichen, das ihm weiterhelfen konnte. Es war eines dieser Traumbilder, die oft bei großer Angst vor dem Unbekannten erscheinen.

Der große Hunger

„Die Blauröcke brauchen nicht zu kommen. Wir werden auch so bald sterben." So wurde oft im Lager von Schwarzer Adler geredet während der schweren Zeit, die nun folgte.
Und die jungen Männer sprachen nicht mehr von einer großen, letzten Schlacht. Sie gaben ihre ganze Kraft dafür, das Volk durch die Jagd am Leben zu halten. Dabei mußten sie sich immer weiter weg wagen.
Die Wälder, die dem Lager am nächsten lagen, schienen von jeglichem Leben verlassen zu sein.
Frauen und Kinder hackten Wurzeln aus der Erde. Sie beteten zur Sonne und zum Großen Geist. Aber keine Gebete schienen mehr zu helfen. Immer mehr Menschen

fragten sich, was sie Böses getan hätten, daß ein so schweres Unglück sie heimsuchte. Es war nicht nur die Zeit des Hungers. Es war auch die Zeit des Zweifels.

Sanftes Reh schnitt Riemen und Felle in kleine Stücke, die sie ins Wasser legte. Dann senkte sie heiße Steine ins Wasser, bis es kochte. „Versuch, etwas davon hinunterzuschlucken!“ sagte sie zu Kleiner Wolf. „Es wird dir neue Kraft geben. Kaue lange und ordentlich. Versuch es!“

Sie war in kurzer Zeit alt geworden. Die Augen waren groß in dem mageren Gesicht, und als sie Kleiner Wolf ansah, schienen sie zu wachsen.
Und Kleiner Wolf versuchte zu essen, auch wenn es ihm widerstrebte. Er kaute und schluckte, kaute und schluckte.
Aber er hatte keinen Appetit mehr. Früher war ihm vor lauter Hunger ganz schlecht geworden. Er hatte Schnee und gefrorene Weidenrinde gekaut. Für ein Stück Fleisch hätte er fast alles gegeben.
Jetzt aber war er nur noch müde. Wenn er sich nicht jeden Morgen um die Pferde hätte kümmern müssen, hätte er den ganzen Tag verschlafen.
Und er fror. Er konnte sich in noch so viele Felle wickeln, er fror. Tief innen drin. Nicht einmal das Feuer schien mehr eine richtige Wärme abzugeben.
Die Ältesten und die Jüngsten starben zuerst.
Klagegesänge und Jammerlieder ertönten aus den Zelten, und in den Bäumen ruhten

die Körper der Toten wie große, längliche Vogelnester.
Immer mehr Seelen waren auf dem Weg ins Land der Schatten. Dort würden sie Schatten-Büffel jagen und in Schatten-Zelten wohnen. Und abends würden sie sich um Schatten-Feuer versammeln, die keine Wärme spendeten.

„Schwöre bei der Pfeife!"

Kleiner Wolf ging langsam über den offenen Platz auf Fuchsohrs Zelt zu.
Es war kalt und windstill. Die Sonne ruhte hinter den Bergen hoch über dem Lager. Dünner grauer Rauch stieg aus den Zelten. Aus dem Zelt von Schwarzer Adler drangen Stimmen, aber sonst war der Lagerplatz still und leer. Frauen und Kinder waren in den Zelten, und die Männer, die nicht auf den

Hügeln Wache hielten, waren wie immer draußen auf der Jagd.
Ein paar Hunde lagen zusammengekauert im Schnee. Früher waren sie immer zu ihm gekommen und hatten mit den Schwänzen gewedelt. Jetzt schauten sie nicht einmal hoch.
Es war, als hätte Kleiner Wolf schon das Land der Schatten erreicht.

Auf einem Fell draußen vor dem Zelt saß Fuchsohrs Mutter mit ihren Schwestern. Das Haar fiel ihr wirr ins graue Gesicht. Und ihre Hand war in ein blutbeflecktes Fell gehüllt.
Kleiner Wolf blieb ein Stück von den Frauen entfernt stehen. Er wußte, warum Fuchsohrs Mutter sich in die Hand geschnitten hatte: Fuchsohr war krank.
„Geh weg!" sagte eine der Schwestern. „Komm nicht hierher! Stör uns nicht! Siehst du nicht, daß ..."
Aber Fuchsohrs Mutter unterbrach sie. „Laß ihn kommen", sagte sie mit matter Stimme.
Kleiner Wolf bewegte sich nicht.

Fuchsohrs Mutter sah ihn mit großen, blanken Augen an. „Komm du nur, Kleiner Wolf", sagte sie.
Kleiner Wolf trat näher. Er versuchte, nicht auf das blutige Fell und die dunklen Flecken im Schnee zu schauen.
Fuchsohrs Mutter saß nach vorne gebeugt. Sie umklammerte ihre verletzte Hand. „Ich habe der Sonne geopfert", sagte sie. „Und ich habe versprochen, der Sonne eine Hütte zu bauen, wenn mein Sohn bei uns bleiben darf. Eine Sonnenhütte."
Dies war eine große und heilige Handlung, die vieler Gebete und einer langen Zeit der Entbehrungen und Vorbereitungen bedurfte. Diese wurden immer im Sommer getroffen, wenn die Sonne am höchsten stand.
„Er will nicht aufwachen", sagte Fuchsohrs Mutter. „Es ist wie vor acht Wintern. Aber jetzt weilt sie nicht mehr unter uns, die Heilige Biberfrau. Diese Hungersnot ist zu schwer für ihn. Jetzt will er nicht einmal mehr Weidenrinde kauen. Aber geh zu ihm, Kleiner Wolf. Tu das! Ich möchte, daß du es tust."

Fuchsohr lag auf dem Rücken, nah am Feuer. Sein mageres Gesicht war ruhig.
Der Mund stand halb offen, und die Zähne leuchteten im Licht der Rauchöffnung.
Seine Augen waren geschlossen.
Kleiner Wolf kniete sich neben ihn. „Fuchsohr", sagte er. „Fuchsohr, ich bin es, Kleiner Wolf."
Aber Fuchsohr bewegte sich nicht.
Kleiner Wolf verspürte Lust, ihn zu knuffen, ihn zu schütteln, ihn zu zwicken. Irgend etwas zu tun, nur damit er nicht so daliegen und fast tot sein würde.
Er wollte, daß Fuchsohr ihm von seinem Traum erzählte.
Kleiner Wolf streckte seine Hand aus und berührte Fuchsohrs Gesicht. Die Haut war kühl und feucht. Irgend etwas bewegte ihn dazu, die Hand wieder zurückzuziehen, als ob er an etwas Verbotenes gerührt hätte ...
Da zuckten Fuchsohrs Augenlider. Das Weiße in den Augen glomm kurz auf, und er drehte den Kopf. Vielleicht sah er seinen Freund. „Schwöre bei der Pfeife!" flüsterte

er kaum hörbar. Dann sank er wieder in seinen Schlaf.
„Ich schwöre“, versprach Kleiner Wolf.
Fuchsohr hörte ihn nicht mehr.
Kleiner Wolf packte ihn am Arm. „Ich schwöre“, wiederholte er. „Ich schwöre ...“
Kleiner Wolf blieb lange an der Schlafstätte von Fuchsohr sitzen. Dann lief er rasch aus dem Zelt. Er wollte Fuchsohrs Mutter und ihre Schwestern nicht sehen.
Er fand sein eigenes Zelt leer vor. Er fror und fühlte sich matt. Und er brauchte Zeit zum Nachdenken. Er legte sich auf den Rücken neben das Feuer, schloß die Augen und versuchte sich vorzustellen, wie Fuchsohr sich jetzt fühlte.
Lag es nur am Hunger, daß Fuchsohr fast wie tot dalag – oder strafte ihn jetzt ein Geist, weil er den Bären in seinem Schlaf gestört hatte?
Aber es war doch ein Traum, der ihn dazu gebracht hatte, zu dem Bären hineinzugehen. Und Träume mußte man doch ernst nehmen ...

„Ich will nicht, daß du es irgend jemandem erzählst. Noch nicht." Diese Worte hatte Fuchsohr gebraucht.

Noch nicht ...

Nein, Fuchsohr würde nicht sterben. Er würde leben, und eines Tages würde er auch von seiner Tat erzählen. Kleiner Wolf *wollte* glauben, daß es so sei.

Und Kleiner Wolf sollte recht behalten. Fuchsohr überlebte den Winter, den schwersten, an den sie sich jemals erinnern konnten. Aber er wurde noch schweigsamer als zuvor, und er verließ nur selten sein Zelt.

Spuren im Schnee

Das Leben kehrte langsam wieder ins Lager am Bärenbach zurück. Die Sonne stieg jeden Tag höher. Schnee und Eis verwandelten sich in Wasser, und eines Morgens konnten

sie die grauen Gänse gen Norden fliegen sehen.
Die Jäger hatten eine kleine Büffelherde im Norden des Tals entdeckt, aber sie feierten dies nicht wie sonst mit einem großen Fest. Viele ahnten, daß dies die letzten Büffel waren.

Als die Blätter groß wie die Ohren des Eichhörnchens waren, holte Adlerfuß, der Medizinmann, seine heilige Pfeife. Das ganze Volk war mitten im Lager versammelt, und nach den Zeremonien teilte Schwarzer Adler mit, daß sie jetzt eine Entscheidung getroffen hätten.
Sie würden mit den Weißen verhandeln, wo sie das nächste Mal ihre Zelte aufschlagen sollten. Völker aus vielen Lagern würden sich am Birkenbach versammeln. Dorthin würden auch die weißen Häuptlinge kommen.
Dann würden sie beschließen, welchen Teil ihrer Jagdgründe sie entbehren konnten und welche Entlohnung sie bekommen würden.

Manche protestierten, aber die meisten fanden die Entscheidung klug. Sie hatten keine Wahl. Viel zu viele waren schon ins Land der Schatten gewandert.
Zwei Federn gehörte zu den Jägern, die bei den Gesprächen mit den Weißen dabeisein würden. Er packte seinen Federschmuck und seine Farben in die Satteltaschen und sagte dann zu Kleiner Wolf: „Nun bist du derjenige, der die Verantwortung für die Pferde der Familie trägt. Paß auf! Geh nicht zu weit vom Lager weg, auch wenn die Sonne wärmt und du dich stark fühlst. Die Blauröcke haben scharfe Augen."
Und so machten sich Schwarzer Adler, Adlerfuß und einige der älteren Jäger auf den Weg zum Birkenbach. Sobald die Pferde sich kräftig gefressen hatten, würde der Rest des Lagers nachkommen.

Ausnahmsweise tat Kleiner Wolf nicht das, was Zwei Federn ihm aufgetragen hatte. Er ging oft zu weit vom Lager weg. Wenn ihn keiner sah, beobachtete Kleiner Wolf seinen Schatten.
Der Schatten war seine Seele. Starb er, würde sie ins Land der Schatten wandern. Dort befanden sich schon viele Schatten seiner Freunde. Aber Fuchsohr lebte – auch wenn er noch schwach war.
Kleiner Wolf fühlte sich einsam, seitdem Fuchsohr sich lieber in seinem Zelt aufhielt. Und er dachte immer öfter daran, was Fuchsohr vor der Bärenhöhle gesagt hatte: „*Ich* muß es tun ... Du wirst andere Gelegenheiten haben. Du wirst vielleicht eher, als du denkst, die Hand auf einen Gegner legen.“
Fuchsohr konnte sehen, was kein anderer sah. Sicher hatte er sich irgend etwas dabei gedacht. Kleiner Wolf war überzeugt, daß in allem, was geschah, ein Sinn steckte.

Eines Morgens ging er allein zu dem Platz, wo sie dem Kältemacher begegnet waren.

Fuchsohrs Medizinpfeife lag noch in dem Baumwollbaum. Kleiner Wolf holte sie vorsichtig herunter. Er hielt sie vor sich, genau wie es Fuchsohr getan hatte, und sagte: „Ich schwöre bei der Pfeife."
Nun hatte er seine Entscheidung getroffen. Er legte die Pfeife zurück und ging langsam den Hang hinauf – zur Höhle des Richtigen Bären.
Es wurde kälter. Die Bäume waren niedrig, und der Schnee lag noch auf dem Boden. Es war wie eine Rückkehr in den Winter. Plötzlich blieb Kleiner Wolf stehen. Er sah Spuren im Schnee. Wolfsspuren.
Er kauerte sich hin und untersuchte sie. Ja, sicher waren es die Spuren eines großen Wolfs. Und sie führten nicht in die Berge, sondern nach Süden.
Das Herz von Kleiner Wolf schlug schneller. Vielleicht war dies das Zeichen, auf das er wartete?
Er entschloß sich, den Spuren zu folgen. Wohin sie auch führten, er würde ihnen folgen.

Die gelbe Blume

Die Wolfsspuren führten schräg ins Tal hinunter, südlich des Lagers.
Kleiner Wolf folgte ihnen lange. Die Blätter wurden immer größer, je weiter er ins Tal kam, und der Schnee verschwand allmählich. Aber auch wenn es von Schneefleck zu Schneefleck weit war, konnte er der Spur noch folgen.
Als die Sonne am höchsten stand, kam er zum Bach. Hier war er viel breiter als oben beim Lager. Der Boden fing schon an, grün zu werden, und ganz nah am Ufer wuchsen viele gelbe und weiße Blumen. Hier hörte die Spur auf.
Kleiner Wolf untersuchte sorgfältig die Schneeflecke, die noch unter den dichtesten Tannen zurückgeblieben waren.

Lesespaß ohne Ende!

Garantiert – denn von den tollen Tier-, Abenteuer-, Mädchen- und Pferdegeschichten gibt es immer wieder neue Erzählungen, ob als Fortsetzung einer Serie oder als interessanten Einzeltitel.

SCHNEIDER BUCH

CIRCUS RONCALLI

Diese neue Buchreihe entstand in Zusammenarbeit mit dem Circus Roncalli. Und sie verspricht: Zirkusluft, Manegenzauber, Spannung und Clownerie.
Circus Roncalli 1993 auf Tournee in Aachen, Kassel, Wien und München.

Herbert Friedmann
Der Regenbogen hat sieben Farben
Circus Roncalli, Bd. 1
Zum Geburtstag eine Eintrittskarte für den Circus Roncalli? Kinderkram! ärgert sich Bastian. Noch ahnt er nicht, daß ihn diese Eintrittskarte in eine Welt voller Abenteuer führt. Best.-Nr. 4666 12,80/ÖS 99,–

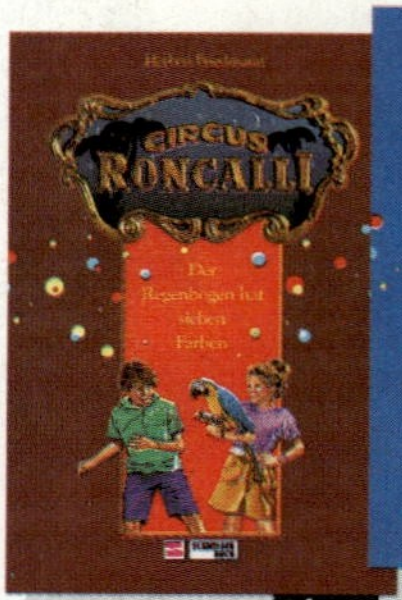

ab 10

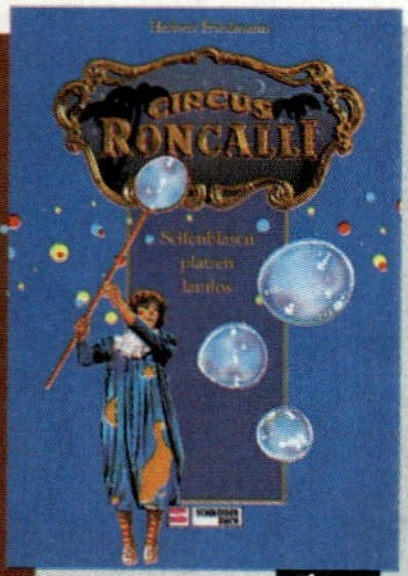

ab 10

Herbert Friedmann
Seifenblasen platzen lautlos
Circus Roncalli, Bd. 2
Als Gewinner eines Malwettbewerbs verbringt Bastian eine aufregende und schöne Zeit im Circus Roncalli. Best.-Nr. 4816 12,80/ÖS 99,–

Hans G. Franciskowsky
Tiger in Gefahr!
Auf den Spuren bedrohter Tiere, Bd. 5
Sara und Sebastian sind entsetzt: sogar solche majestätischen Tiere wie die indischen Tiger sind vom Aussterben bedroht.
Best.-Nr. 4876 9,80/ÖS 79,–

ab 8

TIERBÜCHER

Günter Huth
Vorsicht, Hundefänger!
Tierfreunde im Einsatz, Bd. 1
Sebastian und seine Freunde versuchen alles, um den Hund „Tiger" zu finden. Hoffentlich ist nicht auch er dem Hundefänger in die Falle gegangen. Best.-Nr. 4804 9,80/ÖS 79,–

ab 10

ab 8

ab 8

Günter Huth
Noch mal Schwein gehabt
Tierfreunde im Einsatz, Bd. 2
Das Schweinchen „Ringelchen" sorgt für heilloses Durcheinander, so daß seine Besitzer es wieder loswerden wollen: ein Fall für unsere Tierfreunde.
Best.-Nr. 4805
9,80/ÖS 79,–

Susan Clymer
Ein Ziegenkind braucht ein Zuhause
In der kleinen Ziege „Tobi" findet das Mädchen Dani einen Freund. Doch Tobi soll geschlachtet werden. Kann Dani das Ziegenkind retten?
Best.-Nr. 4845 9,80/ÖS 79,–

ab 12

Gianni Padoan
Tottoi und die Mönchsrobbe
Die junge Mönchsrobbe „Zabaione" und der 14jährige Tottoi werden unzertrennliche Freunde. Noch ahnt Tottoi nichts von der Gefahr, die seinem neuen Freund droht ...
Best.-Nr. 4725 12,80/ÖS 99,–

PFERDEBÜCHER

Walter Farley
Blitz bricht aus, Bd. 5
Alec verliert bei einem Unfall sein Gedächtnis. Dann ruft der Schrei eines wilden Hengstes Erinnerungen in ihm wach. Eine abenteuerliche Suche beginnt ...
Best.-Nr. 4852 12,80/ÖS 99,–

Walter Farley
Blitz legt los, Bd. 6
Durch einen Brand auf der Farm ist großer finanzieller Schaden entstanden. Alec setzt alle Hoffnungen auf die Stute Black Minx, die den großen Preis gewinnen soil. Als die Stute verliert, begreift Alec, daß es ohne Blitz nicht geht.
Best.-Nr. 4853
12,80/ÖS 99,–

Jo Pestum
Lenas neue Freunde
Der Pferdehof im Münsterland, Bd. 1
Lange Jahre stand der alte Pferdehof leer. Doch jetzt ziehen Lena, ihr Bruder Pit, die Eltern und der Wuschelhund Ronja von der Stadt aufs Land. Und schon beginnen die Abenteuer!
Best.-Nr. 4759 10,80/ÖS 85,–

Jo Pestum
Der geheimnisvolle Schimmel
Der Pferdehof im Münsterland, Bd. 2
Lena und ihre Freundin Annette mögen sich, doch sie streiten sich auch. Aber das ist bald vergessen, denn abenteuerliche Ereignisse warten auf die beiden Freundinnen.
Best.-Nr. 4760 10,80/ÖS 85,–

Helga Wegener-Olbricht (Hrsg.)
Mein Pony ist mein bester Freund
Spannende, heitere und nachdenkliche Geschichten von Ponys und Pferden, den besten Freunden und Begleitern der Kindheit – erzählt von bekannten Autoren.
Best.-Nr. 4834
12,80/ÖS 99,–

Ursula Isbel
Winterstürme, Frühlingsluft
Pferdeheimat im Hochland, Bd. 5
Vergessen sind die kalten Wintertage. Ein besonderes Ereignis und der Duft nach wilden Kräutern lassen Laurie den Tag vor ihrem siebzehnten Geburtstag nie vergessen.
Best.-Nr. 4833 10,80/ÖS 85,–

Erika Hein
Wenn wir Freunde wären
Corinna liebt Pferde, und sie hat alles, was sie sich wünscht. Doch erst nach dramatischen Ereignissen begreift sie, wie wichtig Freundschaft und Verständnis füreinander sind.
Best.-Nr. 4484 10,80/ÖS 85,–

Pferdesachbücher der Extraklasse

Diese Bücher sind ein Muß für begeisterte Pferdefreunde und Reiter und alle, die es werden wollen.

Uta Over
So verstehst du dein Pferd
Der Schlüssel zum wahren Pferdeverständnis: Wer seinen geliebten Vierbeiner wirklich verstehen will, muß dieses Buch gelesen haben.
Denn nur wer sein Pferd versteht, kann sein Vertrauen gewinnen. Und nur durch Vertrauen entsteht echte Harmonie.
Mit vielen Farbfotos und Zeichnungen.
Best.-Nr. 4773 24,80/ÖS 199,–

Edel Marzinek-Späth
Ich lerne reiten Schritt für Schritt zum guten Reiter
Die gründliche Reitausbildung von der ersten Longenstunde bis zum sicheren Ausritt. Mit zahlreichen Fotos und Illustrationen. Ein Buch für die Praxis – die ständige Begleitlektüre für junge Reiter und solche, die es werden wollen. Best.-Nr. 4859 24,80/ÖS 199,–

Eine neue Reihe über besondere Pferderassen: **Die Traumpferde der Welt!** Spannend und einfühlsam erzählt!

Holger Heck
Haflinger Traumpferde der Welt
Eine Geschichte über die Entstehung der Haflinger: Auf einem Südtiroler Bergbauernhof wird in der Christnacht 1876 ein Haflingerfohlen geboren. Das Stutfohlen wächst zu einem wunderschönen Pferd heran, das seiner Rasse alle Ehre macht.
Best.-Nr. 4768 24,80/ÖS 199,–

Holger Heck
Appaloosa Traumpferde der Welt
Ein alter indianischer Schamane, ein weiser Mann, erzählt dem jungen Amerikaner Jeff die Geschichte des einstmals großen Stammes der Nez Percé. Untrennbar mit diesen Indianern ist die Geschichte ihrer berühmten Pferde verbunden – der edlen, gefleckten Appaloosas.
Best.-Nr. 4769 24,80/ÖS 199,–

MÄDCHENBÜCHER

ab 13

ab 13

Ann Brandon
Liebe made in USA
Sweet Sixteen, Bd. 2
Christina ist zum ersten Mal in Amerika. Eigentlich wäre alles prima, doch sie ist unglücklich verliebt. Aber sie ist fest entschlossen, für ihr Glück zu kämpfen. Best.-Nr. 4855 9,80/ÖS 79,–

ab 13

Gaby Schuster
Halt mich fest
in deinen Armen!
Kuschelrock
Tom, zwanzig Jahre, blondes Haar, graublaue Augen, stark und sensibel – ein Mann zum Festhalten. Hals über Kopf verliebt sich Tanja in ihn. Doch bald schon läuft alles schief. Die Mißverständnisse häufen sich und scheinen alles zu zerstören. Best.-Nr. 4878 14,80/ÖS 119,–

Ann Brandon
Larissas
Entscheidung
Sweet Sixteen, Bd. 1
Larissa verliebt sich Hals über Kopf in Felix. Aber auch Daniel läßt ihr Herz höher schlagen. Beide Jungen kämpfen um Larissas Liebe. Best.-Nr. 4869 9,80/ÖS 79,–

ab 13

Brigitte Blobel
Die Neue, mein Bruder und ich
Gefühlssachen
Von ihrer neuen Klassenkameradin Annabelle ist Ronja fasziniert. Annabelle hat alles, was sie nicht hat: sie ist schön, hat erste Erfahrungen mit der Liebe, und die Jungens fliegen nur so auf sie – auch Ronjas Bruder, der doch eigentlich mit Katja befreundet ist. Verrat und Eifersucht haben schlimme Folgen ... Best.-Nr. 4877 12,80/ÖS 99,–

ab 13

ab 13

Barbara Wersba
Ich gehe meinen Weg!
Hanna beschließt, eigene Wege zu gehen. Sie zieht von zu Hause aus und gründet die „Hundehilfe“. Damit kommen natürlich auch einige Probleme auf sie zu. Wenn doch nur jemand da wäre, der ihr ein bißchen beisteht. Best.-Nr. 4668 14,80/ÖS 119,–

Irma Krauß
Das rote Seil
Auch das noch! Gerti muß zusammen mit ihren Eltern Ferien auf einem deutschen Campingplatz machen und jeden Tag für die Schule büffeln. Bei einem Spaziergang stößt sie auf ein rotes Kletterseil – und damit auf einen jungen Mann namens Newton. Best.-Nr. 4788 14,80/ÖS 119,–

ABENTEUER-BÜCHER

Peter Kuntze
Unterricht im Hexenhaus
Die verflixte 7b, Bd. 5
Die verflixte 7b entdeckt die geheimnisvolle Vergangenheit ihres Heimatstädtchens. Best.-Nr. 4881
9,80/ÖS 79,–

ab 8

ab 10

Rainer M. Schröder
Vampire kauen keine Knoblauchzehen oder Der Kapuzenmann
Pizza-Bande, Bd. 25
Ein Unschuldiger wird verdächtigt. Das kann die Pizza-Bande nicht zulassen. Sie versucht, den Täter auf eigene Faust zu überführen. Best.-Nr. 472[illegible]
9,80/ÖS 79,–

Klaus-Peter Wolf
Im Land der Ugar-Ugar
Mickys Möglichkeiten-Maschine, Bd. 1
Im Alltag ist Mickys Vater ein ziemlicher Versager. Aber an seiner Möglichkeiten-Maschine, einem Schreibcomputer mit allen Schikanen, ist er der Star. Eines Tages macht sich Micky am Computer zu schaffen und landet in einer fantastischen Zauberwelt.
Best.-Nr. 4850 9,80/ÖS 79,–

ab 8

ab 12

Klaus-Peter Wolf
Bei den Büffeljägern
Mickys Möglichkeiten-Maschine, Bd. 2
Die Möglichkeiten-Maschine verbannt Micky und seinen Pa ins Land der Büffeljäger. Dort müssen sich die beiden als Indianer bewähren. Best.-Nr. 4861
9,80/ÖS 79,–

Ursel Scheffler
Kommissar Kugelblitz Sammelband 2
38 lustige und spannende Fälle gibt es zu lösen. Zusammen mit Kommissar Kugelblitz und euren Spürnasen sicherlich kein Problem. Wie immer bestätigt euch die beiliegende rote Wunderfolie die Lösung.
Best.-Nr. 4933
19,80/ÖS 149,–

Klaus-Peter Wolf
Die Nacht im Geisterwald
Drei tolle Nullen, Bd. 9
Die „Drei tollen Nullen" finden ihr Zeltlager verwüstet vor. Aber sie wissen schon, wie sie es den Randalierern heimzahlen. Opfer ihrer nächtlichen Spukattacke wird allerdings auch Schuldirektor Dr. Nußbaum. Best.-Nr. 4712
9,80/ÖS 79,–

ab 10

ab 10

Peter Weissflog
Wolly auf Schatzsuche
Wolly Cosmopolly, Bd. 6
Der Südseejunge Wolly und seine Freunde sind fest entschlossen, eine alte Geldkiste in einem Schiffswrack aufzubrechen. Kein ganz ungefährliches Unternehmen ...
Best.-Nr. 4711 9,80/ÖS 79,–

FANTASIA

Theo Schwartz
Papi lernt reiten
Bibi und Tina, Bd. 3
Vater Blocksberg wird von Graf Falkenstein zur Fuchsjagd eingeladen. Doch dazu muß er erst einmal reiten lernen. Natürlich hilft Bibi ein wenig nach ...
Best.-Nr. 4879 10,80/ÖS 85,–

ab 8

Theo Schwartz
Das Zirkuspony
Bibi und Tina, Bd. 4
Bibi und Tina sind fest entschlossen, ein Zirkuspony zu retten, das der Zirkusdirektor zum Schlachter geben will. Mit Bibis Hexenkünsten hat er nicht gerechnet.
Best.-Nr. 4880
10,80/ÖS 85,–

ab 8

Kevin Kay
Das Wundertier aus Mexiko
Der Axolotl, Bd. 1
Stefan, Julia und Michi kommen aus dem Staunen nicht heraus. Diesmal hat ihnen Käpt'n Brause etwas ganz Besonderes mitgebracht: einen Axolotl. Aber einen gewöhnlichen – nein, dieser Lurch besitzt übersinnliche Fähigkeiten.
Best.-Nr. 4698
10,80/ÖS 85,–

ab 8

Kevin Kay
Der Zauberkünstler
Der Axolotl, Bd. 2
Mit einer Fünf in Mathe scheint Stefans Traum von einem Mountainbike endgültig ausgeträumt. Aber der Axolotl weiß Rat. Auf dem Wettbewerb der Magier zaubern sich die beiden das ersehnte Fahrrad einfach herbei.
Best.-Nr. 4699
10,80/ÖS 85,–

ab 8

PROMINENTE ERZÄHLEN FÜR KINDER

Ein außergewöhnliches Buch, denn die Geschichten schrieben viele Prominente aus der Unterhaltungsbranche, aus Politik, Sport und Medizin. Die Illustrationen sind von bekannten Zeichnern. Alle verzichteten auf ein Honorar, um mit dieser Aktion krebskranken Kindern zu helfen.

2,– DM aus dem Erlös des Buches kommen krebskranken Kindern zugute!

Horst Jüssen (Hrsg.)
Prominente erzählen für Kinder
Best.-Nr. 4857 19,80/ÖS 149,–

SONDER-AUSGABEN

Bekannte und beliebte Erzählungen als preiswerte Sammelbände. Jedes Buch kostet nur 12,– /ÖS 95,–.

Evelyne Kolnberger/
Margot Kreuter/Danica Langenstein
Mein Glück macht große Sprünge
Drei spannende Pferdegeschichten: Heiter und ernst, mit viel Pferdeliebe, Freundschaft, Ferienerlebnissen und Verliebtheit. Best.-Nr. 4785 12,–/ÖS 95,–

Lynn Hall/Lisbeth Pahnke/Diana Pullein-Thomson
Ich wünsche mir ein Pferd
Dies sind die Geschichten dreier Mädchen und ihrer Pferde. Ihre Schicksale ist sind eng miteinander verbunden.
Best.-Nr. 4937 12,–/ÖS 95,–

Klaus-Peter Wolf
Drei tolle Nullen und ihre Abenteuer
Der erste Sammelband dieser beliebten Serie. Mit Clubkarte! Best.-Nr. 4934
12,–/ÖS 95,–

Marie Louise Fischer
Wenn's im Schwindeln Noten gäbe
Tessie und Dany sind im Schwindeln und Sichdurchmogeln unschlagbar. Bis eines Tages alles auffliegt und auch sie nicht mehr um die Wahrheit herumkommen.
Best.-Nr. 4938
12,–/ÖS 95,–

Margot Kreuter
Sandra – Neue Fälle für die junge Detektivin
Mit einer Riesenportion Mut und Grips sind Sandra und Joschi wieder in drei unheimlich spannende Kriminalfälle verwickelt. Ob sie den Tätern auf die Spur kommen?
Best.-Nr. 4899
12,–/ÖS 95,–

Tina Caspari
Katja tanzt ins Leben
Katja findet sich unattraktiv, obendrein nerven sie Schule, Eltern, ihre Brüder und noch einiges mehr. Wie gut, daß es Petra gibt, die Katja immer wieder auf den Teppich bringt. Die beiden verbindet eine besondere Leidenschaft: das Tanzen. Best.-Nr. 4900 12,–/ÖS 95,–

Aber nirgends hatten die Pfoten des Wolfs Abdrücke hinterlassen.
Er setzte sich ans Ufer und brach eine der gelben Blumen ab. Sie roch süßlich.
Er drehte sie zwischen den Fingern.
Er war müde. Er hatte Hunger. Und er war enttäuscht. Hatte ihn der wichtigste Helfer, der Helfer, dem er seinen Namen verdankte, im Stich gelassen?
Er blieb lange sitzen und schaute die Blume an.
Dann hörte er Stimmen. Fremde Stimmen.
Er sprang auf und versteckte sich unter einem Baumwollbaum, dessen Äste bis zum Boden reichten.
Kleiner Wolf kauerte unter den Ästen und sah von dort die Blauröcke langsam auf sich zukommen.
Sie ritten hintereinander den Bach entlang. Es waren vielleicht zehn Mann. Ihre Pferde waren kräftig und stark. Derjenige, der ganz vorne ritt, hatte gelbe Streifen an den Beinen und etwas, das wie Gold glänzte, an den Schultern. Die anderen sahen ähnlich aus.

6 4931-6

Kleiner Wolf betrachtete die Blauröcke mit Haß und Schrecken. Wäre er doch nur ein erwachsener Jäger und hätte das Gewehr von Zwei Federn dabei! Diese Männer töteten Büffel und Menschen! Auch Frauen und Kinder, die noch nicht das Laufen gelernt hatten.
Kleiner Wolfs erster Gedanke war, sich vorsichtig in den Wald zurückzuziehen und dann davonzurasen. Er wollte seine Leute im Lager warnen.
Aber etwas hielt ihn zurück. Es war nicht nur der Schrecken, der ihn zurückhielt ...
Die Blauröcke kamen immer näher. Ihre Gesichter waren haarig und hell wie das Fell des Eichhörnchens. Sie glichen Bären ohne Schnauze.
Plötzlich streckte der Häuptling mit den Streifen an den Beinen seine Hand hoch. Er rief etwas. Die anderen hielten ihre Pferde an und saßen – alle gleichzeitig – ab.
Kleiner Wolf konnte dies nicht fassen. Aber er verstand, daß der Häuptling der Blauröcke sehr große Macht hatte.

Nun nahmen sie ihre Hüte ab. Sie knieten am Bach nieder und tranken. Der Häuptling setzte sich dann ein Stück von den anderen entfernt auf einen Stein.
Zwei der Blauröcke kamen den Bach entlang. Kleiner Wolf kauerte noch immer hinter dem Stamm. Bald waren sie so dicht bei ihm, daß er sie mit einem langen Stecken hätte berühren können. Sie setzten sich nur ein paar Schritte von Kleiner Wolf entfernt.
Derjenige, der ihm am nächsten saß, brach eine der gelben Blumen ab. Er roch lange an ihr und fing dann an, sie zwischen seinen Fingern zu drehen.
Kleiner Wolf fand es merkwürdig: Der Blaurock tat etwas, was er selbst getan hatte. Irgend etwas sagte ihm, daß das, was er jetzt sah, wichtig war.
Der Blaurock, der weiter weg war, richtete sich auf und kehrte zu den Pferden zurück. Der andere blieb mit seiner gelben Blume sitzen. Er saß nach vorne gebeugt und schaute ins Wasser.
Du wirst andere Gelegenheiten haben. Du

wirst vielleicht eher, als du denkst, die Hand auf einen Gegner legen ...
Kleiner Wolf hatte Fuchsohrs Worte nicht im Kopf. Vielleicht war seine Gelegenheit jetzt gekommen. Bestimmt hatte auch dieses seinen Sinn.
Kleiner Wolf holte tief Luft. Er glitt aus seinem Versteck unter den Ästen und kroch vorsichtig auf den Blaurock zu.

Kleiner Wolf und die Blauröcke

Kleiner Wolf war jetzt dem Blaurock so nahe, daß er den fremden, säuerlichen Geruch seiner Kleider riechen konnte.
Er machte sich zum Sprung bereit ... Im selben Augenblick, als er den Stoff unter der Hand spüren konnte, hörte er den Ruf.
Der Blaurock drehte sich schnell herum und packte ihn am Handgelenk.

Kleiner Wolf warf sich nach hinten. Er strampelte und schlug wie wild um sich. Aber schließlich wurde ihm klar, daß es keinen Sinn hatte. Er konnte sich nicht befreien.
Er machte die Augen fest zu. Wartete.
Bald würde er im Land der Schatten sein, und dann würde er Fuchsohr nicht erzählen können ...
Ein merkwürdiges Geräusch ließ ihn die Augen öffnen – und es dauerte nicht lange, da begriff er: Das war Gelächter. Die Blauröcke lachten.

Der Blaurock, der ihn festhielt, schaute noch immer finster und gefährlich. Aber dann lächelte er plötzlich. Weiße Zähne leuchteten in seinem haarigen Gesicht. Er lockerte seinen Griff um das Handgelenk von Kleiner Wolf, und da gelang es Kleiner Wolf, sich zu befreien!

Schnell wie ein Wiesel tauchte er ins Unterholz und rannte dann so schnell wie noch nie in seinem Leben. Einmal sah er hinter sich, aber niemand verfolgte ihn.

Als Kleiner Wolf ins Lager zurückkam, versuchte er den Platz zu beschreiben, an dem er die Blauröcke gesehen hatte. Die Jäger griffen zu ihren Waffen und liefen zu den Pferden. Die anderen machten sich zur Flucht bereit.
Kleiner Wolf ging zu Fuchsohrs Zelt. Groß und rot näherte sich die Sonne den Bergen. Im Zelt war es fast dunkel. Fuchsohr lag an seinem üblichen Platz.
„Du hast recht gehabt", sagte Kleiner Wolf. „Ich habe auch einen Gegner berührt. Aber ich habe es keinem verraten." Er erzählte von dem Blaurock, den er mit der Hand berührt hatte. „Und er tötete mich nicht. Er lächelte nur. Sie lachten. Und ich habe immer geglaubt, daß sie nicht in der Lage wären ..."
Kleiner Wolf hielt inne. Er fand keine Worte

für all seine Gedanken. Und er spürte noch immer den Griff um sein Handgelenk.
„Vielleicht war die Sonne bei mir", sagte er.
Fuchsohr stützte sich auf die Ellbogen. „Das bedeutet, daß dein Herz stark ist."
Kleiner Wolf spürte sein Lächeln durch das Dämmerlicht.

Spät am Abend kehrten die Jäger zurück. Sie hatten keine Blauröcke gesehen. Die Spuren zeigten, daß die Blauröcke sich über den Bach geschlagen hatten und dann nach Osten geritten waren – in das Gebiet, das die Weißen die Agentur nannten.

An diesem Abend konnte Kleiner Wolf schlecht einschlafen. Als er die Augen schloß, sah er das lächelnde Gesicht des Blaurocks vor sich. Aber plötzlich war es nicht mehr der Blaurock, der ihn anlächelte, sondern Fuchsohr.

Das Versprechen

Dann wurde es Zeit, die Zelte abzubrechen und die lange Reise nach Osten – zum Birkenbach – anzutreten. Dort sollte über die Zukunft des Volkes entschieden werden. Viele fragten sich, ob sie jemals die Wälder am Fuß der Hohen Berge wiedersehen würden. Hier ruhten nicht nur die Gebeine ihrer Vorfahren. Hier waren auch viele ihrer Kinder geblieben.

Kleiner Wolf half Sanftes Reh und ihren Schwestern, das Zelt abzubauen. Danach ging er allein zu dem Platz, an dem er und Fuchsohr dem Kältemacher begegnet waren. Er holte die Medizinpfeife aus dem Baum. Sie war ihm eine große Hilfe gewesen. Ohne sie hätte er die Wolfsspuren nicht gesehen.

Und ohne sie wäre er nicht auf die Blauröcke gestoßen.
Nun begann er, den Sinn des Ganzen zu ahnen.
„Ich schwöre bei der Pfeife", sagte er laut.
Er versprach sich selbst, keinem außer Fuchsohr zu erzählen, daß er die Hand auf einen Blaurock gelegt hatte – nicht, bevor Fuchsohr ihm von seinem Traum und seiner Begegnung mit dem Richtigen Bären erzählte. Da würden sie am Birkenbach sein, oder vielleicht an dem Ort, den die Weißen Reservat nannten.
Kleiner Wolf legte Fuchsohrs Medizinpfeife wieder in den Baum zurück. Sie und genau dieser Platz gehörten zusammen.
Dann eilte er zu den anderen zurück.

Als die Sonne am höchsten stand, waren sie auf dem Weg hinauf in die Ebene. Menschen und Tiere bewegten sich in einer langen, schweigsamen Reihe durch das zarte Gras.
Kleiner Wolf saß auf seinem Lieblingspony.
Er hatte eine gelbe Blume in der Hand.

Manchmal roch er daran.
Er war genauso still wie die anderen. Aber tief drinnen, in seinem Herzen, trug er die Erinnerung an ein Lächeln.
Er hatte nicht mehr so viel Angst vor dem Unbekannten. Seine Traumbilder würden nie mehr zurückkehren.
Jetzt wußte er, daß sein Herz stark war.

Stig Ericson

Indianerjunge
Kleiner Wolf

Mut und Ausdauer – das gehört zu einem richtigen Indianerjungen. Auch Kleiner Wolf will später einmal ein mutiger Jäger werden.
Ein Indianer muß aber auch wissen, woher er kommt und wer seine Eltern sind. Kleiner Wolf weiß nur, daß Zwei Federn nicht sein richtiger Vater ist. Doch eines Tages verrät dieser dem Jungen das große Geheimnis.

SCHNEIDER BUCH